KB170009

깨어 있는

숲속의 공주

WAKING BEAUTY
by Rebecca Solnit

Cover design by Abby Weintraub.

Illustrations based on Arthur Rackham's paintings appearing in the 1920 edition of *Sleeping Beauty*, published by William Heineman, London, and J.B. Lippincott Co., Philadelphia, and in *The Fairy Tales of the Brothers Grimm*, published by Doubleday, Page & Co in New York in 1909.

Korean translation edition is published by arrangement with Rebecca Solnit c/o The Marsh Agency Ltd. through KCC.

Waking Beauty
깨어 있는
숲속의 공주
혹은 옛날 옛날 열한 옛날에
리베카 솔닛
아서 래컴 그림 홍한별 옮김
반비

아이다,
잠자는 공주

Ida, or Sleeping Beauty

옛날 옛날 한 옛날에 아이다라는 아이가 살았는데, 아이다에게 아주 신기한 일이 일어났어.

• ● •

그런데 말이야, 사실 이야기의 시작은 여기가 아니야. 아이다가 있기 전에는 아이다의 엄마와 아빠가 있었고, 그 전에는 엄마 아빠의 엄마 아빠가 있었고, 또 그 전에는…….

모든 시작 이전에는 또 다른 시작이 있지. 아이가 있기 전에는 부모가 있고. 부모가 하나든 다섯이든, 아니면 부모 대신 이모나 늑대나 요정이 길러 주었더라도 마찬가지야.

아이다한테는 인간 부모 둘이 있었어. 그러니까 어쩌면 이 이야기는 '옛날 옛날 두 옛날에……'로 시작해야 할지도 모르겠다. 아니지, 부모 둘에 아이 하나면 셋이니까, '옛날 옛날 세 옛날'이 맞겠구나.

• ● •

아이다의 부모님에게는 대모 요정이 일곱 있었어.

그러니까 '옛날 옛날 일곱 옛날에'로 시작할 수도 있겠네.

첫 번째 요정의 본명은 인캔데슨트 루미나 팝시클 존스였고,

두 번째 요정 이름은 드림시클 스완투스 펠리시다다였는데,

나머지 다섯 명은 그것보다 더 심했어.

그래서 다들 본명 대신 월요일, 화요일, 수요일, 목요일, 금요일, 토요일, 일요일이라는 이름으로 불렸지.

다들 좋은 요정이었어. 그런데 일요일은 너무 좋다 못해 끔찍했어. 일요일은 모든 게 완벽해야 한다고 했고 툭하면 뭐가 잘못되었다고 불평했어. 예를 들면 소풍 가서 딸기 잼 대신 블랙베리 잼이 있어야 한다며 불평을 늘어놓았고 그러고는 딸기 잼을 홀랑 다 먹어 버리곤 했지.

일요일한테 모자가 멋지다고 칭찬하면, '신발은 못생겼다는 거구나.'라고 생각했어. 일요일이 가장 좋아하는 질문은 "이건 왜

이따위야?" 아니면 "누구 잘못이야?"였지. 파티에서 흥을 깨고 게임을 망치는 데 선수였어. 그런 게 마법력이라면 차라리 없는 게 나을 거야.

일요일의 본명은
마지팬저
디비사데로
프림루즈벨툰드라마마
매키리터비틀피틀그램이었는데,

그러니까 일요일에 관해 좋은 점이 딱 한 가지는 있는 셈이지. '일요일'이라는 이름으로 부를 수 있다는 점.

일요일이 어쩌다 그렇게 되었나 하는 이야기는 아주 오래전으로 거슬러 올라가. 요정들이 어릴 때, 수요일이 기르던 그리핀이 일요일의 생일 케이크를 먹어 버렸거든. 요정들이 어릴 때라는 건 한 천 살쯤 되었다는 말이야. 천 살 생일 케이크는 아주 크고 초도 아주 많이 꽂을 텐데, 그리핀이 그걸 전부 다 먹어 버렸다면 속상할 만도 하지.

• ● •

옛날 옛날 한 옛날에, 아니, 두 옛날에, 아니

그 이상에, 첫 아이를 낳은 엄마 아빠가 아이의 이름을 짓는 날에 아주 많은 사람들과 대모 요정 일곱 명을 초대했어.

(옛날 옛날 한 옛날
더하기 두 옛날
더하기 일곱 옛날은
열 옛날이 되겠다.)

노란 종이에 고운 파란 잉크로 초대장을 손으로 멋지게 쓰고, 녹색 봉투에 넣고, 녹색 봉투는 우편물 더미에 얹었어.

우편물 더미는 빨간 가방에 담았고
가방을 말 등에 얹고 전령이 말에 올라탔고
말이 덩굴장미 옆을 지나 달렸고
덩굴장미에 가시가 있었고
가시가 가방을 찢었고
초대장 한 장이 떨어져 나왔고
말은 그걸 몰랐고
전령도 몰랐고
초대장은 길에 떨어졌고
마침 비가 쏟아져 잉크가 번졌고
염소 떼가 초대장을 밟고 지나갔고
그래서 흙투성이가 되어
영영 눈에 뜨이지 않게 묻히고 말았어.

물론 지렁이와 벌레들은 초대장을 봤고
생쥐는 비 오는 오후에 그 아래에서 비를 피하긴 했는데
그 생쥐 이야기는 또 다른 이야기니까.

참 운도 나쁘지. 그 사라진 봉투에 하필 일요일에게 보내는 초대장이 들어 있었다니.

• • •

이름 짓는 날이 되어 손님들이 왔고 불꽃놀이와 케이크가 있었고 목요일이 사랑에 관해 멋진 연설을 했고 여섯 요정이 선물을 줬고 다른 사람들도 선물을 가져왔어. 아기에게는 아이다라는 이름을 붙여 줬어. 아기는 파티에서 조금밖에 안 울었고 기저귀도 딱 한 번만 갈아 주면 됐고, 다들 아기를 안아 보고 웃는 게 정말 귀엽다며 복을 빌어 주었지.

그런데 그때 일요일이 왔어. 어찌나 끔찍했던지 그 이야기를 하려면 일단 한숨 돌리고 시작해야겠다. 얼마나 지독했던지. 고약했고, 못됐고, 나빴고, 악랄했던지.

• • •

일요일이 천둥처럼 들이닥치더니 소리를 쳤어. “왜 나 초대 안 했어!”

그러고는 대답을 듣지도 않았어. 초대했다고, 초대하려고 했다고, 그러니 뭔가 착오가 있었던 게 분명하다고 해명했지만 듣지도 않았지. 일요일은 착오라든가 사고라든가 그런 게 있을 수 있다는 생각은 하질 않았으니까. 다른 요정들이 아기에게 선물을 주던 도중에 일요일이 끼어들어 아기에게 저주를 퍼부었어.

천둥 같은 목소리로, 다만 천둥보다 조금 더 심술궂게.

"아이다는 열다섯 살이 되면 물렛가락에 손가락을 찔려서 죽을 거야!"

이렇게 말하고는 번개처럼 번쩍하고 비구름 속으로 사라져 버렸어. 너무 재빨라서 어떻게 그렇게 고약한 짓을 했냐고 따질 겨를도 없었지.

(물렛가락이 뭔지는 나중에 이야기할게.)

금요일하고 토요일은 아직 선물을 주기 전이었으므로, 둘이 힘을 합치고 젖 먹던 힘까지 더해 마법력을 끌어올려서 막강한 저주를 구부려 더 작은 저주로 만들었어. 저주를 갓 내뱉어서 아직 말랑할 때는 구부리거나 매듭으로 묶어 버리거나 심지어 아예 취소할 수도 있거든.

"아이다는 죽지 않을 거예요. 그냥 백 년 동안 잠을 잘 거예요." 토요일이 말했어.

"미안해요. 그게 우리가 할 수 있는 최선이에요." 금요일이 말했어.

목요일은 이렇게 말했어. "무슨 일이 일어날지는 모르는 거니까요. 어쩌면 뭔가 재미있는 일이 일어날지도 몰라요."

수요일은 이렇게 말했어. "나는 자는 게 좋더라."

화요일은 아기를 어르고 트림을 시켰어.

월요일은 차를 더 따라 주었어.

• ● •

깜박하고 말을 안 했는데 아이다의 엄마는 주르 왕국의

노래 여왕이었어. 아이다 가족은 어맨들라 강가에 있는 돌로 지은 커다란 궁에 살았어.

아이다는 노래하는 목소리가 아주 고왔고 여왕의 주요 임무를 할 수 있도록 교육받았어. 노래를 불러서 체리꽃이 피어나게 하는 게 여왕의 임무였어.

아이다는 또 봄이 되면 돌아오는 새들에 대한 노래,

왜 토끼가 새벽에 풀밭 이슬 속에서 춤추는지에 대한 노래,

비 오는 날에 대한 노래,

남자아이가 곰이 되었는데 남자아이가 된 곰을 찾아내어 둘 다 다시 원래 모습으로 돌아가 가족에게로 돌아갔다는 노래도 배웠어.

아이다는 인어들이 부르는 노래도 배웠고 가끔은 초승달이 뜰 때 바닷가로 가서 인어가 인어 노래를 부르는 걸 듣기도 했어. 바다 아래의 삶이 얼마나 고단한가 하는 이야기가 담긴 노래였지. 가끔은 인어들과 함께 노래하기도 했는데 그러면 목소리가 바위 위로 솟구치고 절벽 아래로 흘러내리곤 했어.

인어들은 어맨들라 강을 따라 내려가면 나오는 바닷가 바위에 앉아 머리를 빗으며 노래를 불렀어. 왜 그러냐면, 머리카락에 해초와 따개비가 잔뜩 들러붙곤 하니까 머리를 빗는 건데, 인어처럼 노래를 부를 수 있다면 당연히 손을 놀리면서도 노래를 부르지 않겠어?

옛날 옛날 다른 옛날, 더 옛날에는 주르의 여왕이 모두를 다스렸어. 그러나 사람들이 지배당하는 것에 신물이 나서 중요한 결정을 여왕이 내리는 대신 사람들이 모여서 내리기로 했어. (이런 모임이 말을 너무 많이 하는 사람들 때문에 끝도 없이 계속되어 지루할 때도 있었지만 그래도 한 사람이 다른 사람 전부를 지배하는 것보다는 나으니까.) 그런데 어맨들라 강가에 있는 주르 왕국은 마법의 나라였고 당시 여왕은 어머니에게서 큰딸에게로 전해지는 마법의 힘을 지니고 있었어. 마법의 힘이 여왕한테만 있는 것은 아니지만, '그' 마법을 가진 사람은 여왕 한 사람뿐이었어.

힘이란 곧 책임을 뜻하는데, 그 책임 가운데 하나가 봄에 체리꽃을 피우는 노래를 불러서 여름이 되면 나무에 체리가 영글게 하고 겨우내 체리 잼을 먹을 수 있게 하는 거였지.

여왕이 한 사람만 있는 것도 아니었어. 나비의 여왕도 있고 풍차의 여왕도 있고 캠핑의 여왕도 있고 기타 등등 많았어.

• ● •

아이다의 부모는 사람들에게 세상에 있는 물렛가락을 다 불태워 달라고 부탁했어. 부모가 너무나 간절하게 부탁하며 왜 그래야 하는지 설명했기 때문에 사람들은 그렇게 해 주었지.

물렛가락은 실을 잣는 데 쓰는 도구야. 실을 잣지 않으면, 천을 짤 수 없고, 천을 짜지 않으면 옷을 만들 수가 없어(우편물 가방이나 깃발이나 이불이나 텐트도 마찬가지고). 물렛가락은 막대기처럼 생겼는데 끄트머리가 뾰족한 것도 있어. 보통 물렛가락을 돌려서 재료를 꼬아 실을 만들어.

물레를 가지고도 실을 만들 수 있는데, 사람들은 이것도 부서뜨렸어. 다 모아서 태우자 엄청나게 큰 화톳불이 타올랐지. 사람들은 세상의 물렛가락과 물레를 모두 없앤다면 일요일의 저주를 막을 수 있을 거라고 생각했어.

그때 옛날 옛날에는 사람들이 옷을 손으로 만들었어. 양털로는 모사를, 밭에서 자라는 마로는 아마사를, 뽕나무에서 자라는 누에로는 견사를 만들었어. 옷을 만들려면 해야 하는 일이 엄청 많아서 옷을 버리지 않고 오래오래 입었지. 그런데 물렛가락을 다 없애고 나니 이제는 헌 옷만 닳고 닳도록 입을 수밖에 없었어.

물렛가락이 없으니, 천을 짤 실이 없었겠지. 그래서 천 짜는 일을 하는 사람들이 일을 그만둘 수밖에 없었어. 이어서 천을 꿰매어 옷을 만드는 재봉사도 일거리가 없어졌어. 낡은 옷을 잘라 새 옷을 짓거나 커튼으로 웨딩드레스를 만들거나 담요로 겨울 코트를 만드는 따위 소소한 일거리밖에 없었지.

• • •

그건 나쁜 일이었지만, 또 다른 일도 있었어. 한 가지 좋은 일은 아이다의 동생 마야가 태어났다는 거야. 그렇게 해서 이 이야기는 옛날 옛날 열한 옛날의 이야기가 되었네.

(아이다로 한 옛날,

어머니와 아버지로 두 옛날, 세 옛날,

일곱 요정이 일곱 옛날을 더하고,

마야가 한 옛날을 더 추가해서 열한 옛날이야.)

마야와 아이다는 똑 닮았으면서 전혀 달랐어. 마야는 노래를 못했지만 그림을 그렸어. 춤추는 건 둘 다 좋아했지만, 아이다는 나무에 올라가기를 좋아했고 마야는 헤엄치기를 좋아했어. 한 아이는 딸기를 가장 좋아했는가 하면 다른 아이는 블랙베리를 가장 좋아했고, 둘은 어떤 때는 싸웠고 어떤 때는 같이 놀았어.

마야는 자기가 아이다였으면 하는 생각을 했고 아이다는 자기가 마야였으면 하는 생각을 했단다. 그러니 당연히 투덜거렸지.

“마야는 안 하는데 왜 나는 노래를 배워야 해?”

“왜 나한테는 언니가 배우는 노래 안 가르쳐 줘?”

“왜 나는 마야처럼 그림 못 그려?”

“왜 나는 언니처럼 노래 못 해?”

그리고 둘 다 똑같이 이렇게 말했어.

“왜 다들 언니만/마야만 좋아해?”

“왜 나만 부엌 청소해야 해?”

기타 등등, 누구 머리가 더 곱슬거린다느니 누구 생일 파티가 더 멋졌다느니 언니인 게 더 낫다느니 동생인 게 더 낫다느니 하면서 볼멘소리를 했어.

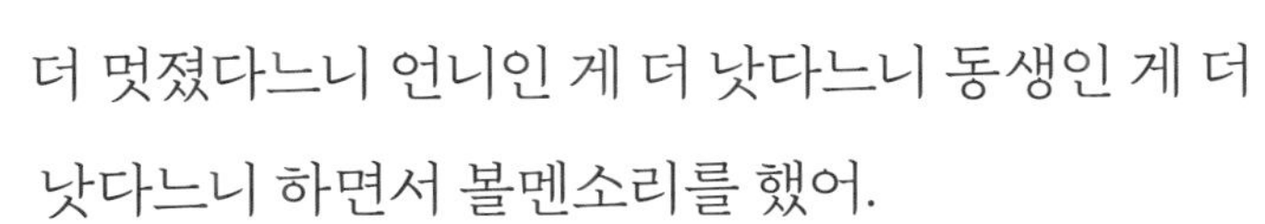

그런데 날마다 불평만 한 건 아냐. 가끔은 신나게 놀았지. 남쪽 탑에 있는 물받이 홈통을 안으로 돌려놓아서 빗물이 계단 위로 폭포처럼 쏟아졌을

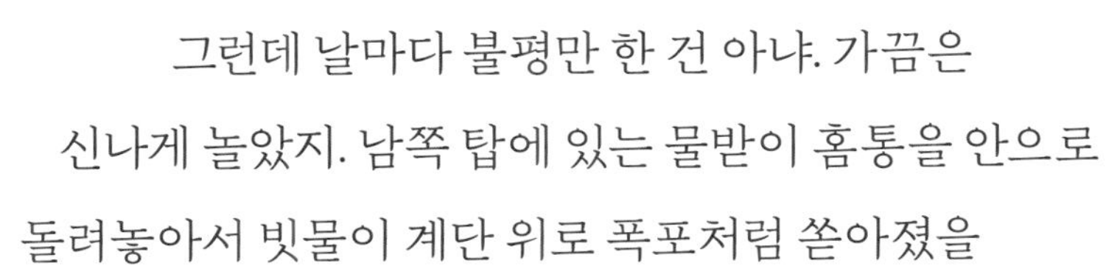

때라든가, 양을 박물관 안으로 몰고 갔을 때라든가, 개한테 춤을 가르쳤을 때라든가, 나무 위로 높이높이 올라가서 언덕 너머 산맥이 보일 때까지 올라갔을 때도 진짜 신났지.

• ● •

그러다가 마침내 부모님이 걱정하던 날이 찾아왔어. 아이다가 열다섯 살이 되는 날. 주르에서는 여자아이들이 열다섯 살이 되는 날 처음으로 댄스파티를 열어 줘. 아이다의 부모님은 일요일의 저주에 대해서는 아이다에게 한마디도 하지 않았어.

아이다는 누구보다도 일찍 일어났는데, 문득 탑에 가면 아무도 찾아내지 못한 변장용 옷이 든 궤 같은 게 있지 않을까 하는 생각이 들었어. 그래서 일찌거니 방에서 나와 남쪽 탑, 북쪽 탑, 동쪽 탑을 뒤지며 돌아다녔는데 그러면서 재미있는 걸 많이 발견했어.

그렇지만 멋진 옷 같은 건 하나도 없었지.

그래서 아이다나 마야가 절대로 가면 안 되는 곳으로 갔어.

오래된 궁 지하에 있는 굴을 통과해서

긴 복도를 지나서

아주 오래전 전쟁에 썼던 녹슨 무기가 가득한 큰 창고 같은 방을 지나

서쪽 탑의 먼지투성이 계단을 올라갔어.

먼지와 거미줄이 가득했지만 아이다는 멈추지 않았지.

탑 꼭대기에 낡은 문이 하나 있었는데 문을 밀자 끽 소리를 내며 열렸어. 방 안에 앉아 있는 할머니가 문하고 똑같은 소리를 내며 끽끽거렸어. "생일 축하해, 아이다!"

아이다는 놀랐지만 할머니가 구름 뭉치 같은 것과 막대기 같은

것을 들고 손으로 꼬는 듯한 동작을 하는 것을 보고 호기심이 생겼어. 그런 것은 태어나서 한 번도 본 적이 없었거든. "고맙습니다." 아이다는 예의 바른 아이였기 때문에 일단 이렇게 말하고는 물었지.

"뭐 하시는 거예요?"

"양털로 실을 잣는 거란다." 할머니가 말했어. 이 할머니가 일요일이라는 건 아마 짐작했을 거야.

"양털을 이렇게 꼬고, 물렛가락을 이렇게 돌리는 거야." 일요일이 물렛가락에 새로 실을 감으면서 어떻게 하는지 보여 주었어.

다음에 어떤 일이 일어날지 알겠지. 아이다는 실을 만들 수 있다는 걸 알고 기뻤어. 실을 만들 수 있다면 천을 짤 수 있고, 천을 짤 수 있으면 새 옷을 만들 수 있으니까. 아이다는 이 신기한 방법을 생일 파티에서 소개해 모두에게 주는 선물로 삼으면 좋겠다는 생각을 했어.

당연히 아이다는 실을 직접 자아 보고 싶어 했고, 당연히 일요일은 기꺼이 아이다에게 물렛가락을 건네줬고, 당연히 아이다는 뾰족한 물렛가락에 손을 찔렸고 이내 잠이 쏟아졌어. 방구석에 여름날 구름처럼 포근한 누비이불이 덮인 작은 침대가 있었어. 아이다는 거기 누워 아주 잠깐만 눈을 붙이겠다며 눈을 감았지.

일요일은 자기가 하려던 일을 마쳤으니, 물렛가락과 그걸로 짠 실을 남겨 놓고 사라졌어. 문이 자물쇠로 잠기고 또 마법으로 잠겨서 아래쪽에서는 누구도 올라올 수 없게 되었어. 탑 꼭대기에 있는 작은 방에는 백 년 동안 아무도 들어갈 수 없었지.

마야,
깨어 있는 공주

Maya, or Waking Beauty

여러분이 아는 이야기에서는 공주가 백 년 동안 잠을 잤고 공주를 구하러 온 왕자들이 서쪽 탑으로 올라가 공주를 잠에서 깨우고 공주와 결혼해서 주르의 다음 왕이 되려고들 했다고 들었을 거야.

그런데 꼭 그런 건 아냐. 왜냐면 무슨 수를 쓰더라도 아이다를 일찍 깨울 수는 없고 어찌 됐든 백 년이 지나면 아이다는 저절로 잠에서 깨게 되어 있고 또 주르에는 왕이 없고 여왕만 있거든. 주르에는 여왕이 아주 많은데 어쨌든 이래라저래라하는 여왕은 없어. 그 왕자들은 엉뚱한 이야기 속에 있었던 탓에 탑에 오르려다 장미 가시에 걸려 덩굴 속에 갇혀 버리고 말았어. 엉뚱한 이야기 속에 있다 보면 종종 그런 일이

일어나.

잠자는 공주 이야기에는 언니가 사라진 뒤에 마야가 어떻게 되었나 하는 이야기는 안 나오지. 하지만 백 년 동안 잠만 잔 사람 이야기를 한다는 게 이상하지 않니? 깨어 있던 사람 이야기를 해야지. 적어도 이 책에서는 그 이야기를 할 거고, 그래서 제목도 이렇게 지었어.

마야는 슬펐고 아이다한테 못되게 굴지 않았더라면, 가장 좋은 딸기는 언니 주고 인어들이 데려온 해마를 탈 때 언니 먼저 타라고 양보했더라면 하는 생각을 했어. 마야는 후회했고 시간은 흘렀고 부모님도 슬퍼했어. 주위 사람들도 슬퍼했어. 다들 아이다를 사랑했기 때문에, 또 늙은 여왕이 죽고 나면 봄이 와도 노래를 불러 체리꽃을 피울 사람이 없다는 걸 알았기 때문에. 그건 첫째 딸만 할 수 있는 일이었거든.

그렇지만 아이다가 사라진 뒤에 사람들은 물레를 돌리고 천을 짜고 옷을 지을 수 있었고 그렇게 해서 모두 새 옷을 입었어. 그래서 마야가 열다섯 살이 되었을 때 마야는 첫 번째 댄스파티에 입을 멋진 드레스를 받았지.

그런데 참, 마야와 가족들은 궁 한쪽 구석에 살았어. 여왕이 백성을 다스리지 말아야 한다고 결정을 내렸을 때 한 가족이 방 백 개에 탑이 네 개 있는 궁 전부를 차지하는 것은 맞지 않는다는 결정도 내려졌거든. 그래서 궁은 여러 가족이 사는 아파트로 바뀌었어. 마야와 부모님도 궁 구석에 있는 멋진 아파트에서 살았어. 궁에는 또 도서관도 있고 씨앗 은행도 있고 음악 감상실도 있고 학교도 있고 작업장도 있고 댄스파티장도 있고 과학 실험실도 있고 박물관도 있고 기타 등등 궁에 사는 사람들이나 궁 밖 마을에 사는 사람들이나 누구나 쓸 수 있는 유용한 시설이 많았어. 마야의 부모님 두 분 다 도서관 사서로 일했어. 다른 사서들, 선생님들, 간호사들도 궁에 살았지.

마야의 열다섯 번째 생일 댄스파티는 다른 사람들과 마찬가지로 궁에 있는 댄스파티장에서 열렸는데 아주 멋있었어. 마야의 드레스는 은색이었는데 마야가 새와 꽃송이를 직접 그려 넣었고 가끔 놀러 오는 좋은 요정 화요일의 도움을 받아서 수도 놓았어. 마야는 춤을 추고 또 추고 이야기를 나누고 또 나누고 아주 즐거웠어. 다른 사람들도 다 즐거워했어. 부모님만은 댄스파티를 열어 주지 못한 아이다를 생각하면서 슬퍼했지. 서쪽 탑에서 자고 자고 또 자는 딸, 가까이에 있지만 가슴 아프도록 멀리, 너무나 멀리 있어서 앞으로 97년 동안 아무도 가까이 다가갈 수 없는 딸을 생각하면서.

• ● •

마야는 나이가 들면서 가끔 잠이 안 올 때가 있었어. 그럴 때면 말에 안장을 얹고 한밤중에 밖으로 나가 어맨들라 강이 인디고 바다로 흘러 들어가는 곳에서 인어의 노래를 들었어. 종이와 잉크를 가져와서 인어와 파도와 파도 위에 쏟아지는 달빛과 어두운 하늘 위에서 창백한

빛을 내며 나는 바다새를 그리기도 했지.

그림을 그릴 때는 아무 생각도 하지 않았어. 무슨 일이 있었는지, 무슨 일이 일어날지, 무슨 일이 일어났으면 좋을지 하는 생각들. 마야는 그림을 그리다 보면, 비록 종이 위에서지만 무슨 일이든 일어나게 할 수 있다는 걸 알게 됐지. 마야는 어른이 된 아이다가 노래하는 모습을 그렸고 아이다가 사라지기 전처럼 체리가 주렁주렁 열린 체리나무를 그렸고 아무도 모르는 서쪽 탑으로 가는 길을 그렸고 덩굴장미가 자라서 꽃과 가시로 탑을 온통 덮는 그림을 그렸어. 그림 솜씨가 점점 좋아졌어. 노인들은 마야의 그림을 보며 마야가 그린 새가 종이에서 날아올라 하늘로 날아갈 것 같다고 말했지.

• • •

마야가 자라는 동안 아이다는 잠을 잤는데, 자는 동안은 배가 고프지도 나이를 먹지도 않았어. 열다섯 살인 채로 그대로 있었고 달라진 건 1년에 30센티미터씩 자라는 머리카락뿐이었어. 아이다가 잠을 자기 시작한 지 33년이 되었을 때 머리카락 길이는 10미터 50센티미터가 됐어. (아이다가 잠이 들었을 때 머리카락 길이가 60센티미터였거든.) 그 뒤로도 계속 자랐지.

한 가지 더 달라진 게 있었는데, 아이다의 꿈이었어. 아이다는 아주 아주 긴 꿈을 꿨어. 꿈속에서 아이다는 라일락 숲에 홀로 사는

유니콘이 되어 유니콘이 아는 모든 걸 배웠어. 아이다는 새가 되어 칼날처럼 날카로운 날개로 여름인 곳으로 날아갔어. 아이다는 어머니의 어머니의 어머니의 어머니가 되어 물레를 돌리면서 그들 모두의 삶의 이야기를 자아냈어.

아이다는 겨울에 눈을 꿈꿨고 여름에 꽃을 꿈꿨고, 가끔 탑 꼭대기

작은 방의 열린 창문으로 나비나 눈꽃이 날아들기도 했어. 그렇지만 구름 같은 누비이불을 덮고 있어 너무 춥지도 너무 덥지도 않았지. 꿈속에서 아이다는 새들의 언어를 배웠어. 꿈속에서 어맨들라 강이 아름다운 여인으로 변신해 아이다에게 와서 물이 부르는 모든 노래를 가르쳐 줬어. 폭포의 으르렁거림, 홍수의 함성, 봄비의 다정한 속삭임, 바위 위로 굴러가는 작은 시내의 행복한 옹알이, 파도가 밤과 낮처럼 일정한 리듬으로 바위를 두들기는 소리, 뺨 위로 구르는 눈물방울의 슬픈 노래. 때로는 몇 해 동안 꿈을 하나도 꾸지 않기도 했어. 어쨌든 아이다는 잤어. 그리고 또 잤어. 또 잤어.

• ● •

마야는 위대한 화가가 되었어. 어떻게 해서 위대한 화가가 되었냐면, 그림을 그리고 그림을 보고 또 그리고 색칠하고 더 나이 많은 화가들과 같이 공부하고 날마다, 해마다 스스로 이렇게 물었어. 빛이 어디에 떨어지지? 잉크는 어떻게 작용하지? 빗방울은 어떻게 반짝이지? 나뭇잎은 언제 오그라들지?

마흔 살이 되었을 때 마야는 위대한 화가이기만 한 게 아니라 위대한 영웅이 됐어.

아주 아주 추운 겨울이 닥쳤을 때였어. 늑대가 어찌나 굶주렸는지 높은 산에서 내려와 궁과 그 주위 마을 언저리를 배회하며 사람이든

뭐든 잡아먹을 것을 노렸어. 비쩍 마르고 이빨이 날카로운 늑대가 어찌나 많던지 사람들이 겁에 질려 집 밖에 나갈 수가 없었어. 사람한테도 늑대한테도 힘든 시기였지. 늑대들한테도 나름의 이야기가 있었어. 그 기간에 아이다는 아마 자기가 은빛 늑대가 되어 다른 늑대들과 같이 고드름 같은 달을 보며 울부짖는 꿈을 꾸었을 거야.

마야는 좋은 생각이 떠올라서 두려움을 잊었어. 눈 신을 신고 허리에 잉크병을 차고 칼처럼 긴 붓 하나를 들고 아무 무기도 없이 집 밖으로 나섰단다. 늑대가 있는 곳으로 갔더니 회색 늑대들이 마야를 보고 달려오기 시작했어. 눈 위에서 마야와 늑대들이 흰 종이 위에서 달리는 글자처럼 줄줄이 달렸어.

마야는 눈 위로 가볍게 달려 마을 가장자리에 있는 거대한 흰 벽이 나올 때까지 갔어. 벽에 도착한 다음 붓에 잉크를 찍었어. 잉크병을 따스한 품에 넣어 두어서 잉크가 얼지 않았지. 마야는 붓으로 문을 그렸어.

마야는 아주 오랫동안 그림을 그려서 진짜 잘 그리게 됐어. 무언가를 아주 아주 잘하게 되면 마치 마법이나 다를 바 없게 돼.

(마법은 그냥 일어나는 거라고 생각하는 사람이 많지만 보통은 아주 열심히 노력해야 이루어지지. 무언가를 아주 아주 오래 갈고 닦으면 무척 쉬워 보이니까, 사람들이 '마법

같아!'라고 말하는 거야.)

마야는 자기가 그린 문 안으로 폴짝 뛰어들었고 늑대들도 따라갔어. 그런데 부드러운 눈 위에서는 마야가 늑대보다 빨랐지. 마야는 문 안으로 들어가 음식이 가득한 커다란 식탁을 그렸어. 배고픈 늑대들은 누군가를 쫓아왔단 사실은 잊고 음식으로 달려들었어. 마야는 식탁에서 멀찍이 떨어진 곳에 산과 강도 새로 그렸어. 늑대들은 마야의 그림 안에서 행복하게, 아무리 먹어도 음식이 줄어들지 않는 식탁에서 배를 잔뜩 채우고 있었어.

다음에 마야는 몸을 돌려 자기 혼자만 빠져나갈 수 있을 만큼 작은 문을 그리고, 문밖으로 나와서 그림으로 문을 닫고 그 위에 하트 모양의 작은 자물쇠를 그렸어. 그러고는 이제 늑대가 사라진 마을로 돌아왔어. 마을 사람 일곱 명이 마야가 늑대 떼를 끌고 그림의 문 안으로 들어갔다가 혼자 돌아오는 모습을 봤어. 사람들이 다른 사람들에게 소식을 전했고 큰 잔치가 벌어졌어. 그림의 음식이 아니라, 겨우내 먹으려고 모아 둔 음식을 가지고 나와 잔치를 벌였지. 화가와 늑대의 이야기는 사람들이 겨울이면 난롯가에 모여 앉아 부르는 노래가 되었단다.

오랜 세월이 지난 뒤에, 그림을 그려서 늑대를 사라지게 한 마야의 노래를 부르다 보면 이렇게 묻는 사람도 있었지. "그 여자 아름다웠어요?"

마야를 잘 아는 사람들은 이렇게 말하곤 했어. "아름다웠지만 아름다운 것 이상이었어. 그 사람이 나타나면, 아름다움이 그 사람과 같이 나타났지."

이렇게 말하기도 했지.

"아침에 풀잎에 맺힌 이슬이나 땅에 떨어진 깃털이나 잎이 둘 달린 잔가지가 우리가 생각했던 것보다 훨씬 아름답다는 걸 마야가 보여 주었어. 마야는 지친 말이나 두꺼비의 금빛 눈이나 초를 불어 껐을 때 생기는 연기에 눈을 돌리게 했고 그게 얼마나 아름다운지 느끼게 했지. 본다는 것을 아름다운 것으로 만들었고 우리에게 보는 법을 가르쳤어. 마야는 아름다움을 혼자 차지하려고 하지 않았어. 사방에서 아름다움을 찾아내 모두에게 나누어 주었지."

• ● •

하루하루가 한 해가 되고 또 한 해 한 해가 지나고 봄이 오고 여름이 오고 나뭇잎이 떨어지고 눈이 다시 내렸어. 봄에는 복숭아나무와 자두나무에 꽃이 피고 여름에는 열매가 열리고 가을에는 잎이 떨어졌어. 겨울에는 조용히 눈이 내려 가지마다 소복이 쌓였고, 그런 일이 처음부터 또다시 반복되었지. 체리나무에는 봄이 되면 연녹색 잎이 돋았고 가을이 되면 잎이 떨어져 겨울에는 헐벗은 가지를 높이 쳐들었지만, 꽃은 피지 않았고 열매도 열리지 않았고 그래서 체리 잼과 체리 파이와 체리 술은 노인들이 하는 이야기일 뿐 젊은 사람들에게는 전설이나 다름없는 것이었어.

백 년이 지났어. 백 번의 봄, 백 번의 가을, 어떤 사람의 삶은 시작되고 어떤 사람의 삶은 끝이 나고, 모든 사람의 삶이 하나하나 다른 이야기가 되었어. 마야의 두 아이가 또 아이를 낳았고 또 그 아이들이 아이를 낳았고 마야는 살면서 계속 그림을 그렸어. 아이들 하나하나가 또 다른 이야기, 수천 개의 다른 이야기가 되었고 주르 땅에는 비가 내린 뒤 풀잎에서 반짝이는 물방울만큼 많은 이야기가 있었지.

아틀라스, 아돌아왔어

Atlas, or a Lad At Last

옛날 옛날에 주르에서 산맥을 넘으면 나오는 자키스탄 땅에, 꿈은 아주 크고 발은 맨발인 아틀라스라는 남자아이가 있었어. 자키스탄에는 체리나무는 없었지만, 땅 한가운데 우뚝 솟은 가장 높은 언덕 꼭대기에 있는 해의 황금 사과 과수원이 아주 명성이 드높았지. 아틀라스는 밤에 이 과수원을 지키는 일을 했어. 아틀라스는 삼 형제 중 막내였어. 아틀라스의 어머니는 시계 고치는 일을 했는데 일한 만큼 돈을 받지 못해 가난했고 아버지는 일자리를 찾으러 멀리 떠났는데 돌아오지 않아 세 형제가 모두 어릴 때부터 일을 해야 했어.

첫째 아들은 달의 대정원에서 은사슴을 지키는 일을 했어. 둘째 아들은 도시를 가로질러 흐르는 진주의 강에서 검은 백조한테 먹이

주는 일을 했어. 아틀라스는 황금 사과를 지키는 일을 했는데, 밤마다 불새가 내려와서 사과를 한 개씩 가져갔어. 아침마다 아틀라스는 황금 사과를 또 뺏겼다고 호통을 들었지.

아틀라스는 밤마다 언덕에서 가장 높은 나무에 올라가 불새가 사과를 가져가지 못하게 막으려고 했지만, 보람도 없이 밤마다 새가 사과 한 알씩을 잡아채 갔어.

별이 많이 나온 어느 날 밤, 아틀라스는 사과를 잡아채는 불새의 발목을 덥석 잡았어. 그렇지만 거대하고 강력한 불새는 아틀라스를 매단 채 불꽃처럼 밝은 깃털이 무성한 날개로 날아갔지. 불새가 하늘로 솟구쳐 오르자 아틀라스는 겁이 났어. 불새는 남자아이가 매달려 있어서 겁이 났고. 그 상태로 둘은 별이 가득한 하늘을 날아갔어. 겁에 질린 새와 아이가 두려움으로 한 덩이가 되어 밤하늘 속으로. 새는 점점 더 높이 날아올랐어. 그날 밤 불새는 산맥을 넘었고, 해가 불새의 깃털처럼 눈부시게 떠오를 즈음 지칠 대로 지쳐서 탑 꼭대기에 내려앉았어. 아틀라스는 새를 잡은 손을 놓았어. 새는 황금 사과를 놓았고 사과는 탑의 물받이 홈통으로 굴러 들어갔어.

아틀라스는 작은 해처럼 빛나는 사과를 집어 주머니에 넣었어. 그러고는 불새를 쳐다보았는데 불새는 얼굴은 독수리처럼 매섭고 날개는 집채만큼 넓었지. 불새는 쌍둥이 불처럼 이글거리는 눈으로 아틀라스를 마주 보았어. 그러더니 거대한 날개를 퍼덕이며 훌쩍 날아갔고 아틀라스는 자기가 아는 곳에서 멀고 먼 곳에 있는 탑의

뾰족지붕 위에 덩그러니 남았지. 지붕 꼭대기에서 내려다보니 바다로 흘러가는 강과 마을들, 숲 그리고 자기가 있는 탑 말고 탑이 세 개 더 있는 궁이 보였어. 뒤쪽에는 불새를 타고 넘어온 산맥이 있었고.

아틀라스는 행동이 빠른 아이여서 일단 지붕에서 내려가야겠다고 생각했어. 주위를 둘러보고는 조심조심 물받이 홈통을 잡고 창턱으로 내려갔어. 마침 창문이 열려 있었어. 아틀라스는 창턱에서 탑의 둥근 방으로 뛰어내렸어.

• ● •

그 방 안쪽에는 여름날 구름처럼 부드러운 누비이불이 덮인 작은 침대가 있었고 그 누비이불 아래 여자아이가 자고 있었어. 아틀라스가 쿵 소리를 내며 방 안으로 뛰어내린 순간 여자아이가 눈을 뜨고 하품을 했어. 여자아이가 물렛가락에 손가락을 찔리고 누운 지 딱 백 년이 지났던 거야. 아틀라스는 그런 사실은 몰랐지만 여자아이의 흘러내리는 머리카락이 아주아주 길다는 게 눈에 들어왔지.

"안녕하세요!" 아틀라스가 말했어.

"아, 안녕하세요!" 여자아이가 말했어.

"실례합니다!" 아틀라스가 말했어. "여기 사람이 있을 줄은 몰랐어요!"

"안녕하세요." 여자아이가 다시 말했어. 살아 있는 어떤 존재를

보지도 말을 나누지도 못하며 백 년이 지난 뒤에 처음 입을 열어 보는 거였지. 말을 하니까 좋았어. 말할 상대가 있는 것도 좋고. 그런데 또 백 년 동안 다른 사람이 말하는 걸 들어 본 적도 없는지라 귀 기울이는 데 익숙하지가 않았지.

그래서 이렇게 말했어. "나는 잠자는 공주니까 당신은 날 구하러 온 왕자님이군요. 절 구하러 탑 꼭대기까지 올라와 줘서 고마워요!" (당연하지만 아이다를 구해 주거나 깨워 줄 필요는 없었어. 그냥 백 년 동안 자기만 하면 되는 거니까.)

"그게 아니라요, 불새가 날 여기 지붕에 내려놨어요. 그런데 누구시라고요?" 아틀라스가 물었어.

"나는 잠자는 공주고 우리는 『잠자는 숲속의 공주』라는 동화 속에 있어요."

"아니죠, 우리는 『불새』라는 동화 속에 있고 밤새 불새 다리에 매달려서 날아온 내가 주인공이에요. 불새가 산맥을 넘어 날 여기로 데려왔어요."

"『잠자는 숲속의 공주』예요!"

"『불새』예요!"

"당신이 내 이야기 속에 있어요!"

"아뇨, 당신이 내 이야기 속에 있는 거죠!"

"일단 나는 왕자가 아니에요. 자키스탄에 사는 가난뱅이고 내 이름은 아틀라스예요."

"거봐요, 이름이 '아돌아왔어'라니 딱이잖아요." 아이다가 말했어.

"아뇨, 아틀라스요!"

"아돌아왔어라니 정말 멋진 이름이고 백 년 만에 세상에 돌아온 내 이야기에 딱 들어맞네요!" 아이다가 말했어.

"아틀라스라니까요." 아틀라스가 말했어. 그러고는 어깨를 으쓱했어.

둘이 티격태격하다가, 행동이 빠른 아틀라스가 먼저 이렇게 말했어.

"누구 이야기든 그게 중요한 게 아니라요, 나가는 길을 찾아야 하지 않겠어요?"

두 사람은 같이 계단으로 내려갔어. 그런데 나선 계단을 열일곱 바퀴 돌자 잠겨 있는 철문이 나왔어. 아주 단단히. 꽁꽁. 지나갈 수 없게. 둘이 밀고 당기고 해 보았지만 꿈쩍하지 않았지. 일요일이 마법을 걸어 놓은 문이었거든.

두 사람은 백 년 동안 자라서 계단으로 흘러내린 머리카락의 강을 거슬러 다시 꼭대기 방으로 가서 창밖을 내다보았어. 아이다의 머리에서 머리카락이 강물처럼 출렁였어.

"사다리가 있으면 좋을 텐데." 아이다가 말했어.

"밧줄이라도 있으면 좋을 텐데." 아틀라스가 말했어.

"아니면," 아이다가 이렇게 말했어. "내가 자는 동안에 머리카락 대신 밧줄이 자랐더라면 좋을 텐데. 이 머리카락 좀 봐." 아이다의 머리카락이 마치 마야가 잉크로 그은 기다란 선처럼 뒤쪽으로 길게 늘어져 있었어.

그런데 너무 좋다 못해 끔찍한 요정 일요일이 물렛가락과 가위를 두고 갔잖아. 그래서 아이다는 머리카락을 백 년 전에 계단을 올라왔을 때 길이만큼만 남기고 잘라 냈어. 그런 다음 둘이서 30미터 길이의 머리카락을 땋고 또 땋아서 30미터도 넘는 긴 밧줄 사다리를 만들었어. 스스로 방법을 찾아낸 거야. 둘이서 작은 침대를 창가로 밀고 간 다음 침대에 사다리를 걸고 사다리를 창밖으로 던지자 땅에 있는 장미 넝쿨 위로 떨어졌어. 두 사람은 차례로 사다리를 타고 내려갔는데 누가 먼저 가고 누가 뒤따라 갔는지는 기억이 안 나네.

마침내 땅에 내려서자 아틀라스가 말했어. "여기가 어디지?"

아이다가 말했지. "집!"

• ● •

아이다가 보기에 달라진 것도 있었어. 하지만 변하지 않은 것도 많아서 아이다는 궁 바깥을 돌아 입구로 간 후 문을 통과해 도서관을 지나서 자기 가족이 사는 아파트로 가는 계단을 찾아냈지. 현관문이 원래는 녹색이었는데 아이다가 돌아왔을 때는 주황색으로 바뀌어 있었어. 아이다는 문에 노크를 했어. 누군가 아주 낯익지만 실은 처음 보는 사람이 문을 열어 주었어. 아이다는 몰랐지만 문을 열어 준 사람은 마야의 손녀의 첫째 딸인 노아였어.

"누구세요?" 노아가 물었어.

"전 아이다예요." 아이다가 말했어.

"헉, 세상에 맙소사!" 노아가 말했어. "들어오세요. 할머니 얘기 엄청

많이 들었어요!"

그때 마야는 백열두 살이었는데, 여전히 그림을 그리고 여전히 생각하고 여전히 사랑하고 여전히 돌보고 있었지. 하지만 겨울에 찬 바람이 잡아당기는 나뭇가지의 마지막 잎새처럼 늙고 기운이 없었어.

노아가 자기 엄마한테 아이다가 돌아왔다고 말했고 곧 모두가 알게 되었어.

마야는 너무나 기뻤어. 하지만 어쨌거나 아이다에게 그동안 백 년이 지났고 사람들은 변했고 어떤 사람들은 세상을 떴고 이렇게 많은 자손을 거느리고 집을 그림으로 가득 채운 노인이 아이다가 잠들었을 때는 열두 살이었던 동생이란 사실을 납득시키는 데 시간이 좀 걸렸어.

자매가 마침내 다시 만나게 된 거야. 노래에 따르면 둘이 어찌나 많이 울었던지 눈물이 시내를 이뤄 어맨들라 강으로 흘러 들어갔고, 지금도 금빛 소원 물고기와 조그만 바다용이 헤엄치는 짠 시내가 흐른다고들 하지. 난 그 얘기는 좀 안 믿는데, 왜냐면 마야는 항상 주머니에 손수건이나

물감을 닦는 헝겊을 넣고 다녔거든. 둘은 울고 또 이야기를 나눴어.

"안녕, 동생." 열다섯 살인 아이다가 마야에게 말했어.

"안녕, 언니." 백열두 살인 마야가 말했어.

"이제 네가 언니 아냐?" 아이다가 말했어.

"그럴 수도 있고 아닐 수도 있겠다." 마야가 말하고는 낄낄 웃었어. 아이다도 웃었어.

"안녕, 늙은 동생." 아이다가 말하고는 눈물을 흘리며 웃었어.

"안녕, 어린 언니." 마야가 말했어.

그리고 아이다가 말했어. "얘는 아돌아왔어야."

"아틀라스요." 아틀라스가 체념한 듯이 웅얼거렸어.

아이다가 이어 말했어. "아침에 내가 잠에서 깼을 때 쟤가 탑에서 나올 수 있게 도와줬어."

마야가 아틀라스에게 말했어. "우리 나라에서는 멀리에서 온 손님을 환영해요. 게다가 우리 언니를 도와줬으니 두 배로 환영해야겠네요."

• ● •

아틀라스는 마야의 가족을 만났고 다들 아틀라스에게 고마워하며 죽과 차를 권했어. 아틀라스는 아주 아주 배가 고팠어. 마법은 힘든 일이고, 밤새 불새의 발목에 매달려 날아오느라 무척 힘들고 추웠던

데다가 마지막으로 식사를 한 뒤로 참 많은 일이 있었으니까. 게다가 아틀라스는 가난해서 굶주릴 때가 많아 마지막 식사란 것도 변변치 않았잖아.

그런데 아이다는 아틀라스보다도 더 배가 고팠어. 백 년 동안이나 아무것도 먹지 않았으니. 1년은 365일이니까 아이다는 아침을 3만 6500번 정도 거른 셈이야. 아이다가 못 먹은 아침 식사를 한 줄로 죽 늘어놓으면 궁에서부터 바다까지 닿을 거야.

"여기에서 있고 싶은 만큼 있어도 돼요." 마야가 아틀라스에게 말했어.

마야가 하도 환하게 웃어서 아틀라스도 덩달아 웃음이 나왔어. 하지만 마야는 너무 약해서 마치 잎사귀처럼 파르르 떨었지. 아틀라스는 죽을 한 입 더 먹었어. 그러고 나니 주머니에 황금 사과가 있다는 게 생각났어. 아틀라스는 주머니에서 사과를 꺼내 마야에게 먹으라고 했어. 아틀라스는 죽에, 감사의 말에, 따스함에, 수프에, 깨끗한 양말에, 원한다면 평생이라도 여기에서 지내도 된다는 초대까지 받았으니 자기도 뭔가 줄 게 있어서 기뻤지.

마야는 사과를 한 입 먹더니 몸을 덜덜 떨기를 멈췄어. 한 입을 더 먹고는 의자에 좀 더 꼿꼿하게 앉았어. 한 입 더 먹은 다음에는 아예 벌떡 일어섰고 20년 전보다 더 튼튼해 보였어. 또 한 입을 먹으니 눈이 밝아졌어. 또 한 입을 먹자 춤을 추면서 아이다가 마야의 손자손녀들과 이야기를 나누고 있는 곳까지 갈 수도 있을 것 같았지. 황금 사과에는 그런 효과가 있단다.

바로 그때 불새가 창가에 내려앉더니 아틀라스에게 이렇게 말했어. 불새는 말을 할 줄 알거든. “내가 그 사과 마야한테 갖다주려고 그랬는데 네가 내 발목을 잡은 거야. 내가 도둑이라고 생각했어? 나는 필요한 사람한테 사과를 갖다주려고 한 것뿐이야.”

불새는 아주 중요한 할 말이 있을 때만 불새가 아닌 누군가에게 말을 하지. 마야의 집 창턱에서 불새가 한 말이 아주 중요한 말은 아닐 수도 있지만, 불새도 다른 사람과 마찬가지로 자기 잘못이 아닌데 비난을 들었다 싶으면 못 참거든. 당연히 황금 사과를 배달하는 불새한테도 나름의 이야기가 있는데, 그건 또 다른 이야기니까.

그러자 아틀라스가 말했어. “어쨌든 먹었으니 됐잖아요.”

새가 빛을 냈어. 날개에서 불꽃이 튀었지. 문 두드리는 소리가 났어.

“아, 요정들이 왔군.” 불새가 말했어.

• • •

화요일과 목요일이 들어왔어.

“무슨 소식 있어, 나팔꽃?” 목요일이 물었고 아이다, 아틀라스, 마야가 동시에 이야기하기 시작했어.

목요일 요정님 만나서
너무 반가워요, 제가
백 년 동안 자고 있었던
것 같은데 방금 제
친구 아돌아왔어
덕에 다시 돌아올 수
있었어요. 정말 이상한
꿈을 많이 꿨는데
목요일 님도 나오시고
인어, 강, 별, 비밀도
나왔어요. 저는 지금 막
돌아왔는데 제 동생이
백열두 살이 되어 있고
부모님은 돌아가셨고
이제 뭘 어떻게 해야
할지 모르겠어요.
『잠자는 숲속의 공주』
이야기에서는 다음에
어떻게 돼요? 참, 그리고
이젠 제가 동생인
거예요?

전 그냥 자키스탄에서
황금 사과를 지키던
가난한 아이였는데
불새가 절 이리로
데려왔고요, 이제 뭐가
어떻게 되는 건지
어떻게 집에 돌아가야
할지 모르겠고 여기
아주 좋은 분들이 많이
있긴 하지만 솔직히 좀
겁이 나고요. 엄마가
보고 싶고 『불새』
이야기는 어떻게
끝나는지 궁금하고
사과가 없어진 데다
제가 일을 안 하고
있어서 혼나게 될까요?
물어봐 주셔서
감사해요!

다정한 목요일 님,
정겨운 화요일 님,
와 주셔서 정말 기뻐요,
차 좀 드실래요?
아이다가 백 년 동안
잠이 들었다가 이제 막
깨어났어요. 두 분과
자매님들이 약속한
대로요. 백 년 전 제가
태어나기 전에 해 주신
일에 감사해요. 아이다
언니가 돌아와서 어찌나
좋은지 모르겠어요.
이제 이 이야기가 어떻게
끝나는지 알게 됐고요,
오늘 새로운 이야기들이
시작되겠네요. 아이다가
돌아와서 너무 좋아요.
백 년 동안이나 언니를
못 보고 지내다니.
참, 차를 마셔야죠!

목요일이 말했어. “우주의 중심은 어디에나 있지만, 각자 자신이 있는 곳이 중심이라고 느끼죠. 그러니까 세상에는 폭풍우가 몰아칠 때 빗방울 수만큼, 혹은 비구름이 걷혔을 때 밤하늘의 별의 수만큼, 바다 아래 모래알의 수만큼의 중심이 있는 거예요. 저는 여러분 이야기를 전부 들을 거고요, 또 차도 마시고 싶네요. 화요일도 마찬가지일 거예요. 우리는 지금까지 살면서 각자 약 1700만 개의 이야기를 들었는데요, 이야기를 들을수록 목이 말라져요. 가슴 아픈 이야기도 있고 불끈 타오르게 하는 이야기도 있고 궁금증을 불러일으키는 이야기도 있고 무언가를 처음으로 알게 해 주는 이야기도 있고 중요하다고 생각했던 것을 놓아 버리게 하는 이야기도 있어요. 여기 세 사람도 좋은 이야기를 갖고 있네요. 노아도 곧 멋진 이야기를 갖게 될 거예요.”

노아가 차를 가져왔어.

• • •

아이다의 머리카락으로 만든 사다리는
오늘날 박물관에 가면 볼 수 있어. 음식이
잔뜩 차려진 식탁에서 늑대들이
포식하는 모습을 그린 마야의 그림하고
아틀라스가 서쪽 탑 지붕에서 내려왔을 때

웃옷 후드에 붙어 있었던 빛나는 불새 깃털 사이에 전시되어 있지. 머리카락에 기억이 담겨 있다고 하는 사람도 있으니까 어쩌면 그 사다리에는 백 년 동안의 꿈의 기억이 담겨 있을지도 모르겠다.

아이다는 열다섯 번째 생일 파티를 백 년 늦게 했는데 그때도 여전히 열다섯 살이었어. 그때가 봄이어서 아이다는 체리꽃을 피우는 노래를 불렀어. 그래서 그해에 그리고 그 뒤로 해마다 여름에 체리 파이를 먹을 수 있었지. 그렇게 주르에서 해마다 체리꽃 축제가 열리게 된 거야.

아이다와 마야는 함께 많은 시간을 보냈어. 마야는 아이다가 잠들어 있던 백 년 동안 무슨 일이 일어났는지 이야기해 줬어. 아이다는 백 년 동안 꾼 꿈 이야기를 해 줬어. 아이다는 꿈 일부를 노래로 만들었고 그 노래가 오늘날까지도 주르 땅에서 불린단다. 마야는 아이다의 꿈을 그림으로 그렸어.

아틀라스는 정원사 겸 선생이 되었고 궁에서 같이 살았어. 마야의 가족이 아틀라스의 어머니와 형들을 데려올 수 있게 도와줘서, 아틀라스의 가족이 산맥을 넘어와 같이 살게 되었어. 아틀라스는 마야와 아이다와 친구가 되었어. 아이다는 아틀라스의 이름이 아돌아왔어가 아니란 걸 알게 됐지. 어쩌면 이 이야기를 옛날 옛날 열두 옛날의 이야기라고 불러야 할지도 모르겠다. 아틀라스도 중요하니까.

그리고 그들 모두

행복하게,

슬프게,

바쁘게,

조용히,

시끄럽게,

꿈꾸듯,

졸린 듯,

깨어서,

영원히

아니 적어도 아주 오랫동안

서로의 이야기에 얽혀서

우리가 그러듯 살았어.

가끔 요정들이 놀러 왔지. 일요일은 빼고. 일요일은 아이다의 이야기가 나쁘지 않게 끝난 게 못마땅해 뚱해 있었단다.

• ● •

주르 땅에 사는 아이들은 이야기꾼에게 조르곤 했어.

"체리 파이 이야기해 주세요!

잠자는 공주 이야기이면서

깨어 있는 공주 이야기이면서

아틀라스와 불새 이야기요.”

세 가지 이야기, 어쩌면 네 가지 이야기가 아이다와 아틀라스가 사다리를 만들 때 아이다의 머리카락처럼 한데 땋였어. 그 주위에 또 엄청나게 많은 다른 이야기들이 얽혀 있지.

무슨 소식 있어, 나팔꽃? 여러분 주위에는 또 얼마나 많은 이야기가 있니?

작가의 말

잠자고, 깨고, 고치고

옛날이야기는 놀라움이 가득하고 문제도 가득한 오래된 구조물입니다. 문제가 가득하다고 한 것은 옛날이야기가 대부분 역경과 장애를 극복하는 이야기이다 보니 주인공이 늘상 문제를 마주한다는 뜻이기도 하지만, 옛날이야기의 세계관이 이제는 우리와 맞지 않아 문제라는 뜻이기도 합니다. 옛날이야기는 어쩌면 오래된 집 같아요. 오래된 집 안에 있으면 좋긴 한데, 지붕에서 비가 샐 수도 있고, 파이프에 납 성분이 있을 수도 있고, 흐릿한 가스등이 설치되어 있을 수도 있어요. 과거에는 그런 게 불편하다거나 나쁘다고 생각하지 못했으니까요. 어떤 옛날이야기는 아예 허물어뜨려야 할지도 모르겠지만, 나는 한스 크리스티안 안데르센의 『인어공주』처럼 가혹한 이야기조차 고쳐 쓸 수 있다고 생각하고 언젠가는 그렇게 해 보고 싶습니다.

대부분의 이야기는 옛사람들의 아름다운 솜씨(생생함, 결연한 주인공, 마법과 각성, 상징과 은유 등)는 보존하면서 과거의 편견과 낡은 관점을 떨쳐 버리도록 다시 쓸 수 있을 거예요. 세상이 최근 몇십 년 사이에 크게 바뀌었기 때문에 옛날이야기를 계속 즐기고 이용할 수 있으려면 고쳐 쓸 필요가 있습니다.

주인공이 여자인 옛날이야기 중 대다수가 여자가 남편감을 찾아 결혼

상태를 유지해야 경제적 안정을 누릴 수 있는 세계상을 반영하고 있지만, 요즘에는 그렇지 않을 때가 많습니다. 그런 방법을 시도할 수야 있겠지만 결과가 좋지 않을 때가 많고 지금 같은 시대에는 좋은 태도라고 할 수 없습니다. 또 옛날이야기에는 주로 결혼을 통해 사회적 신분 상승을 이루고 부와 지위를 획득하는 내용이 아주 많아, 돼지치기가 공주와 결혼한다거나 거위치기가 왕과 결혼하는 등의 일들이 일어나지만 내 이야기에서 그런 것들은 당연히 쓰레기더미로 보내질 겁니다.

내 이야기 속의 신데렐라는 왕자와 결혼하지 않고, 왕자 역시도 자신의 답답한 처지로부터 해방을 바라는 사람이었지요. 그래서 박탈당하고 착취당하는 신데렐라에게 다른 해결 방법을 주었어요. 내 잠자는 공주와 동생은 여왕의 딸이긴 한데 이 여왕은 민주국가에서 의식적 지위만을 갖는 여러 여왕 중 한 사람이에요. (그중에는 드랙퀸도 있을 거고 캠핑의 여왕도 있을 거예요. 나는 어릴 때 보던 텔레비전 만화 「록키와 불윙클과 친구들의 모험」에서 어른들이 즐길 만한 농담을 만들어 내는 법을 배웠답니다.) 이 책은 세 부분으로 나뉘어 있는데, 원본처럼 「잠자는 공주」라는 제목이 붙어 있는 첫 번째 부분에는 첫째 딸이 나오고, 두 번째 부분에는 동생인 깨어 있는 공주가 나옵니다. 세 번째 부분에서는 멋진 러시아 민담 『불새』를 변형해 소년

주인공을 등장시켰어요.

옛날이야기에는 구식이라고 느껴지는 부분이 있습니다. 그런가 하면 아주 현대적이고 심지어 앞날을 내다보는 듯 느껴지는 부분도 있지요. 우리는 과학이 마치 마법처럼 느껴지는 소식을 가져다주는 시대에 삽니다. 서로 다른 종 사이의 시적인 관계라든가, 제비갈매기와 왕나비의 이주 습성이라든가, 불가사리의 잘린 다리가 다시 자라나는 것이라든가, 세상에 숨겨져 있는 질서와 패턴 같은 것. 그런데 또 어떤 소식은 저주이기도 합니다. 기후변화와 여섯 번째 대멸종의 저주, 인간 활동이 질서와 패턴을 무너뜨리고 있다는 소식 등. 어쩌면 우리가 기업이라고 하는 괴물을 만들어 냈기 때문인지도 모릅니다. 법적 면책권과 반(半)불멸성을 부여받은 거대 기업, 거대 조직이 생명에 반해 자신들만의 이익을 추구합니다. 언젠가는 그들이 용이나 고블린처럼 기괴한 존재로 여겨질 날이 올지도 모르죠.

아미타브 고시는 기후변화와 소설에 관해 이야기하는 책 『대혼란의 시대』에서 이렇게 말했습니다. "그러나 우리 시선이 다시 돌아가는 듯하다. 우리 문을 두드리는 생각지도 못한 기이한 일들을 통해 어떤 인식을 얻게 되었다. 인간은 혼자가 아니고, 우리만의 것이라고 생각했던 요소를 우리와 공유하는 온갖 존재에 둘러싸여 있음을 자각하게 되었다." 아미타브 고시는 또 소설의 시대 이전에 우리가 소비하던 이야기들에는 있을 법하지 않고 예외적이며 마법적인 요소가 가득했음을 지적합니다. 그러다가 사실적이고 일상적인 것에 고착된 부르주아적 리얼리즘 소설이 등장합니다. 소설의 일상은 경이, 초자연적인 것, 자연적인 것 등 인간이 아닌 것을 배제하는 일상이지요.

이 격변의 시대에 우리에게는 예전의 격렬한 이야기가 필요합니다. 그렇기 때문에 옛날이야기는 아이들이, 모든 사람이 우리가 살아갈 세상을 마주하는 데 도움을 줄 아주 오래되었으면서도 아주 현대적인 도구인 셈입니다. (요즘 사람들이 옛날이야기는 아이들만을 위한 것이라거나 뭔가 믿을 수 없는 기상천외한 것이라 생각해서 안타깝습니다. 예전 사람들은 옛날이야기를 그렇게 생각하지 않았거든요.) 미국에서 코로나바이러스 유행이 시작된 첫 달에 나는 고립감과 공포를 느끼던 사람들에게 다가가기 위해 온라인에서 라이브로 옛날이야기를 하기 시작했습니다. 갑자기 이것도 저것도 하지 못하게 된 것이 아이들에게는 특히 가혹하고도 이해할 수 없는 일로 여겨질 것 같았습니다. 그런데 옛날이야기에는 바로 그런 상황에 대처하는 사람들이 나옵니다. 어느 날 오후에 나는 이런 말로 이야기를 시작했습니다. "어떤 일을 어떻게 헤쳐 나갈지 모른다 하더라도 헤쳐 나갈 수 없는 것은 아닙니다. 또 어떻게

해야 할지 안다고 해서 의도한 방식대로 해낼 수 있는 것도 아닙니다."

『깨어 있는 숲속의 공주』는 『해방자 신데렐라』의 속편이고 둘 다 위대한 아동문학 삽화가 아서 래컴의 실루엣 그림을 이용할 수 있다는 가능성에서 시작되었습니다. 이 이미지가 현재에 잘 맞는 것 같습니다. 아서 래컴의 컬러 일러스트레이션처럼 유럽적이어서 백인이 아닌 독자들을 배제하지도 않는 데다가 탁월하게 아름답고 매혹적이니까요. 그렇지만 이 아름다운 일러스트레이션이 안타깝게도 특히 유해하고 계급 사회에서 벗어나지 못한 판본의 『신데렐라』와 『잠자는 숲속의 공주』 이야기와 함께 책을 이루고 있었기 때문에, 나는 그림은 살리고 문제는 떨쳐 버리겠다고 마음먹었습니다. 게다가 『해방자 신데렐라』를 나의 조카손녀 엘라를 위해 썼으니, 엘라의 동생 마야에게도 한 권을 선물해야 했거든요. 그래서 마야와 나의 대자 아틀라스를 위해 이 책을 썼습니다.

아틀라스와 마야의 이름을 빌려 주인공 가운데 둘의 이름으로 삼았고 다른 식구의 이름도 집어넣었습니다. 조카 어맨다는 어맨들라가 되었는데, 어맨들라는 코사족과 줄루족 언어로 '힘'을 뜻하는 단어로 1990년 넬슨 만델라가 갓 석방되었을 때 사람들이 외쳐 불렀던 말입니다. (그때 말고도 남아프리카공화국에서 아파르트헤이트에 반대하는 시위가 벌어질 때 구호로 많이 쓰였습니다.) 그 밖에 여러 문화에서 조각들을 가져왔습니다. 여자아이가 열다섯 살이 되면 열리는 댄스파티는 라틴아메리카의 킨세아녜라에서 온 것입니다. 자신의 그림 속으로 들어가는 화가 이야기는 당나라 화가 오도현 이야기와 일본을 배경으로 한 라프카디오 헌의 『고양이를 그린 소년(*The Boy Who Drew Cats*)』에서 따왔습니다. (또 내가 어릴 때 푹 빠져서 본 만화 「로드러너와 코요테」의 한 장면이기도 하고요.) 벚꽃(cherry blossom) 축제는 일본의 전통이고, 황금 사과의 치유력은 C. S. 루이스의 『마법사의 조카』에서 빌려 왔습니다. 불새 이야기의 주인공 아틀라스는 『천일야화』에 나오는 알라딘을 비롯해 가난하지만 꾀 많은 인물들에게서 착안했습니다. 또 여러 해 전에 과테말라 건축가 테디 크루스와 어떤 프로젝트를 같이 하려다가 현실화되지 못한 일이 있었습니다. 대저택을 지면에서나마 여러 가족이 같이 사는 집으로 바꾸는 프로젝트였습니다. 이 책을 쓰면서 옛날이야기의 주 무대인 궁이나 성을 지면에서나마 그렇게 바꿀 수 있어서 재미있었습니다.

『해방자 신데렐라』를 쓸 때나 『깨어 있는 숲속의 공주』를 쓸 때나 신중하게 고치고 추려 내려고 애썼습니다. 어떤 부분이 오늘날에도 즐거움을 주는지, 어떤 부분은 이제는 유효하지 않은지, 어떤 의문들을 불러일으키는지를 곰곰이 들여다보았지요. 이를테면 백 년 동안 잠을 자면 무슨 일이 일어날까, 자는 동안 세상은 어떻게 될까? 백 년 동안 어떤 꿈을 꿀까? 또 옛날이야기에서 우리가 원하는 게 뭘까 하는 질문이 있었습니다. 우리는 아마도 보통 어리고 가난하고 소외되고 상대적으로 힘이 없는 주인공이 곤경에서 벗어나기를, 혹은 스스로 곤경을 헤쳐 나오고 삶을 완전히 바꾸어 사랑과 풍요와 안전이 있는 곳에 가기를 바랄 겁니다. 대모 요정과 신데렐라의 관계가 어쩌면 신데렐라와 왕자의 관계보다 훨씬 흥미롭고 창의적이라는 생각이 들었습니다. 또 여자가 남자와 결혼하지 않고도 해방을 얻게 하고 싶은 한편 남자는 왕자의 삶에서 해방시키고 싶었습니다. 『잠자는 숲속의 공주』 이야기에서는, 저주를 받고 한 세기 동안 잠을 자는 인물은 특별히 활동적인 주인공이라 할 수 없어서 이 인물을 중심에 두지 않으려 했습니다. 물론 잠자는 공주도 활동적인 꿈 생활을 하게 하기는 했지만요.

이야기의 중심을 다른 주인공으로 옮기는 문학적 전통에서 영감을 받을 수 있었습니다. 이런 전통은 언제나 그런 것은 아니지만 페미니즘적인 실천이기도 합니다. C. S. 루이스가 소설 『우리가 얼굴을 찾을 때까지』에서 큐피드와 프시케의 이야기를 프시케의 언니 이야기로 바꾸어서 했듯이, 또 제인 스마일리가 『1000 에이커』에서 리어왕의 첫째 딸을 주인공으로 삼아

셰익스피어 비극을 다시 들려주었듯이요. 진 리스는 로체스터의 카리브해 출신 첫째 아내(샬럿 브론테의 소설에서 다락방에 갇혀 괄시를 받던 미친 여자)를 주인공으로 삼아 『제인 에어』를 통렬하게 다시 썼습니다. 더 현대로 와서 팻 바커, 크리스타 볼프, 매들린 밀러 등은 그리스 신화와 고대 그리스 서사시를 여성 인물의 관점에서 다시 썼습니다. 앤절라 카터가 고전 민담을 자신만의 방식으로 들려준 것은 너무 유명하고요, 그 외에도 여러 작가가 같은 시도를 했습니다.

이런 정신에서 『깨어 있는 숲속의 공주』는 우리 모두가 이야기의 주인공이고 우리 모두가 다른 사람의 이야기가 이루는 숲에 존재하는 세상을 그립니다. 그 사실을 인지하는 것이 사회적 인식과 공감(일부 아이들은 본능적으로 지니고 있지만 일부 어른들은 충격적으로 부족하게 지니고 있거나 거부하도록 사회화된 것)을 기르는 방법이기도 합니다. 그리하여 이야기의 중심은 아이다에게서 마야로 또 아틀라스로 이동하고, 이 책은 그 밖에도 주위에 존재하는 생쥐에서부터 요정까지 여러 삶의 이야기가 있음을 암시하며, 독자들에게 독자들의 이야기는 무엇인지 물으면서 끝을 맺습니다.

옮긴이의 말

작년 겨울, 이 책을 우리말로 옮기는 작업을 하고 있을 때, 부산현대미술관에서 열린 「누구의 이야기」라는 기획 전시에 초대를 받아 부산에 다녀 왔습니다. 「누구의 이야기」는 리베카 솔닛의 『이것은 누구의 이야기인가』라는 책에서 착안해서, '누구의 목소리로 이 시대의 이야기를 써 내려갈 것인가?'라는 질문을 던지려는 의도로 기획된 전시라고 합니다. 『이것은 누구의 이야기인가』는 리베카 솔닛이 여성, 환경, 인권 등을 주제로 쓴 글을 모아 놓은 책인데, 지금까지는 권력을 가진 사람—남성—주류에 속하는 사람들의 목소리가 우리가 듣고 말하고 이어 가는 이야기를 주로 이루었다면, 이제는 그동안 침묵을 강요받았던 이들의 이야기가 조금씩 들리게 되었다고, 그 이야기를 들어야 한다고 말합니다. 부산현대미술관에는 수화로 표현된 벽시계, 자연과 어린아이의 모습이 어우러진 그림, 씨앗과 농부를 표현한 작품 등이 있었고, 특히 다양한 재질, 다양한 색의 끈을 엮어 만든 태피스트리처럼 보이는 작품이 기억에 남았습니다. 누구에게나 저마다의 이야기가 있고, 그 이야기가 날실과 씨실을 이루며 서로 엮여 온전한 전체를 이룬다는 솔닛의 말을 시각적으로 보여 주는 것 같았습니다.

예술비평가이자 사회비평가, 현장운동가이기도 한 리베카 솔닛은 수십

권의 저작을 통해 우리가 귀 기울이지 않았던 사람들의 이야기를 끊임없이 끄집어내어 들려주는 일을 해 왔습니다. 이에 더해, 우리가 익숙하게 아는 옛이야기를 새로운 관점에서, 오늘날 세상에 더욱 잘 맞게끔 새로 쓰는 작업도 하고 있습니다. 그 첫 번째 작품이 『해방자 신데렐라』이고 『잠자는 숲속의 공주』를 다시 쓴 이 책이 두 번째입니다.

우리가 원래 알던 『잠자는 숲속의 공주』는 누구의 이야기일까요? 주인공은 분명 잠자는 공주일 텐데, 이상하게도 우리는 이 인물의 이야기를 별로 듣지 못했습니다. 태어나자마자 저주를 받았고, 운명 지어진 대로 잠이 들었고, 백 년 동안 자다가 깨어나서 왕자와 결혼했다는 것은 알지요. 그런데 공주는 자기 운명에 대해 어떻게 생각했을까요? 잠에서 깨어 만난 왕자가 첫눈에 결혼하고 싶을 정도로 마음에 들었던 걸까요? 백성들은 물레를 모두 압수해 불에 태우는 왕을 폭군이라고 생각하지는 않았을까요?

리베카 솔닛이 쓴 『깨어 있는 숲속의 공주』에서 우리는 잠자는 공주 아이다의 이야기를 아이다의 목소리로 들을 수 있을 뿐 아니라, 다른 사람들의 이야기, 더 많은 이야기를 들을 수 있습니다. 게다가 요정에게도, 불새에게도, 지렁이와 생쥐에게도 나름의 이야기가 있다는 사실도 알게 되었고요. 이 책 후반부에 아이다, 아틀라스, 마야가 요정들에게 동시에 이야기하는 장면이 있습니다. 그러면서 이들은 자기의 이야기만큼 다른 사람의 이야기도 똑같이 중요하다는 걸 알았을 거예요. 세 이야기의 가닥이 책장을 셋으로 똑같이 나누어 채우고 있으니까요. 그리고 이 가닥들이 머리카락을 땋을 때처럼 서로 엮이고 얽혀서 더 많은 목소리, 더 많은 가능성, 더 많은 놀라움, 더 많은 아름다움이 담긴 이야기가 만들어졌네요.

리베카 솔닛의 글은 언제나 그러듯(아이들을 대상으로 쓸 때도 예외가 아닙니다.) 물이 흐르듯 유려하게 흐릅니다. 섬세한 묘사와, 잔잔한 유머와, 살뜰한 공감이 담긴 이 글이 제가 느낀 것처럼 여러분에게도 마치 노래처럼 느껴졌으면 좋겠습니다.

2023년 5월

홍한별

깨어 있는 숲속의 공주

혹은 옛날 옛날 열한 옛날에

1판 1쇄 찍음 2023년 5월 26일
1판 1쇄 펴냄 2023년 6월 12일

글 리베카 솔닛
그림 아서 래컴
옮김 홍한별

편집 최예원 조은 최고은
미술 김낙훈 한나은 김혜수
전자책 이미화
마케팅 정대용 허진호 김채훈 홍수현 이지원 이지혜 이호정
홍보 이시윤 윤영우
저작권 남유선 김다정 송지영
제작 임지헌 김한수 임수아 권순택
관리 박경희 김지현 김도희

펴낸이 박상준
펴낸곳 반비

출판등록 1997. 3. 24.(제16-1444호)
(06027) 서울시 강남구 도산대로1길 62 강남출판문화센터
대표전화 515-2000 팩시밀리 515-2007
편집부 517-4263 팩시밀리 514-2329

ISBN 979-11-92908-78-6 (03840)

반비는 민음사출판그룹의 인문·교양 브랜드입니다.

만든 사람들
책임편집 조은
디자인 박연미